0 Décembre 1886

TRÉSOR

DE

MONTCORNET

(AISNE)

(2e siècle après J.-C.)

PARIS — 1886

HOMO
ADDITVS
NATVRÆ
IMPRIMERIE DE L'ART

CATALOGUE

DU

TRÉSOR D'ARGENTERIE

GALLO-ROMAINE

DÉCOUVERT

A Chaource, près Montcornet (Aisne)

DONT LA VENTE AURA LIEU

HOTEL DROUOT, SALLE N° 5

Le Lundi 20 Décembre 1886

A QUATRE HEURES

Me G. PIERRON	M. E. VANDERHEYM
COMMISSAIRE-PRISEUR	EXPERT
88, rue de la Victoire, 88	54, rue Taitbout, 54

Chez lesquels se distribue le présent Catalogue.

EXPOSITIONS

PARTICULIÈRE	PUBLIQUE
Le Samedi 18 Décembre 1886	Le Dimanche 19 Décembre 1886

DE UNE HEURE ET DEMIE A SIX HEURES

CONDITIONS DE LA VENTE

Elle sera faite au comptant.

Les adjudicataires payeront *cinq pour cent* en sus des enchères applicables aux frais.

L'exposition mettant le public à même de se rendre compte de l'état des objets, il ne sera admis aucune réclamation une fois l'adjudication prononcée.

Les poids des objets indiqués au présent Catalogue n'y figurent qu'à titre de renseignement.

Paris. Imp. de l'Art. E. Ménard et J. Augry, 41, rue de la Victoire.

AVANT-PROPOS

M. Fleury, dans son Histoire du département de l'Aisne *(tome II, page 104), raconte qu'à l'exemple des Romains d'Italie, les Gallo-Romains s'étaient habitués à la mollesse et à des mœurs efféminées. Septime Sévère avait couvert les provinces du Nord de ses généraux, qui y construisaient des villas dans lesquelles ils s'abandonnaient au luxe et à la débauche.*

Semblables aux hordes du désert, les barbares d'Allemagne (Germains et Teutons) fondaient sur eux sans qu'ils s'y attendissent et disparaissaient aussi vite chargés de butin. Surpris par ces incursions, les Gallo-Romains étaient souvent forcés d'enfouir leurs trésors pour les soustraire au pillage.

Telle est l'origine des traces innombrables d'incendie si souvent constatées sur les emplacements des villas gallo-romaines, et des trésors si fréquemment mis à nu par le soc de la charrue.

C'est ainsi que le trésor d'argenterie gallo-romaine, qui fait l'objet du présent catalogue, a été découvert par un laboureur au mois de novembre

*1883, à Chaource, près Montcornet (Aisne), dans un champ appartenant à M. le général de B***. Ce trésor avait été enveloppé dans un morceau de toile que le temps et l'humidité du sol avaient complètement détruit, mais dont on distinguait encore le tissu empreint sur la terre attachée à quelques-uns des vases.*

Chaource (Catusiacum) est cité par plusieurs auteurs comme un des relais d'une voie gallo-romaine construite par Septime Sévère et Caracalla pour relier Reims à Bavay par Nizy-le-Gros et Vervins. (Peutinger, Fleury, etc.)

Nous sommes donc en présence de l'argenterie soit d'un temple établi à ce relais, soit plus vraisemblablement d'une villa résidence d'un proconsul. (De 80 à 150 après J.-C.) [1]

1. *Voir l'étude très scientifique du trésor de Montcornet par M. de Villefosse et de M. l'abbé Thedenat dans la* Gazette Archéologique, *années 1884 et 1885.*

DÉSIGNATION

I

1 — Plateau garni d'une bordure en relief, circulaire, composée d'olives séparées par un double filet. Le centre de la face intérieure est occupé par une croix gammée, niellée, dont les extrémités sont découpées. Diamètre, 0m,328. Poids, 932 gr.

Graffite sur le rebord extérieur.

Ces grands plats étaient désignés sous le nom de *lanx*. Ils étaient employés pour les mêmes usages que nos plats modernes; on y servait des viandes, des légumes et des fruits.

2 — Plateau légèrement concave à l'intérieur, avec une bordure semblable à celle du précédent. Le centre est orné d'une rosace niellée, composée d'un cercle autour duquel rayonnent des cœurs allongés alternant avec des feuilles pointues; le tout est circonscrit par un cordon ondulé. Diamètre, 0m,36. Poids, 1,061 gr.

Quoique légèrement concave, ce plateau doit, comme le précédent, être appelé *lanx*.

3 — Plateau légèrement concave à l'intérieur, avec une bordure semblable à celle des précédents.

Graffite sous le pied : *PIISIIIII.*

Cette notation doit être lue : P(*ondus : librae*) II, S(*emis, unciae*) V = deux livres et demi et cinq onces, ce qui donne 2 livres 11/12, c'est-à-dire 954 grammes; le poids actuel du plateau est de 919 grammes; son diamètre est de 0^m,336.

4 — Tasse ronde, sans anse, en forme de coupe profonde. Les lèvres sont ornées d'une bordure semblable à celle des plateaux précédents. Sur le côté extérieur, on voit les marques de deux coups qui l'ont fortement bossuée. — Il y a eu sous le pied un graffite effacé à dessein dans l'antiquité. Diamètre, 0^m,10; hauteur, 0^m,038. Poids, 188 gr.

Cette tasse, et les autres tasses semblables qui font partie de ce trésor, étaient accompagnées de leurs soucoupes.

5 — Tasse semblable à la précédente. Elle a été fortement endommagée par plusieurs coups, dont l'un a complètement percé le métal. Diamètre, 0^m,11 ; hauteur, 0^m,042. Poids, 134 gr.

Graffite sous le pied : Καπριανι.

6 — Tasse semblable aux précédentes. Traces d'un

coup. Diamètre, $0^{m},11$; hauteur, $0^{m},036$. Poids, 159 gr.

Sous le pied, graffite composé d'une boucle en forme de C, placée entre deux traits verticaux.

7 — Tasse semblable aux précédentes. Deux ou trois coups l'ont légèrement bossuée. Diamètre, $0^{m},095$; hauteur, $0^{m},034$. Poids, 129 gr.

Graffites, sous le pied, *Rusa*, et sur la marge extérieure, *Mer* ou *Mar*.

8 — Tasse semblable aux précédentes. Poids, 145 gr.

9 — Soucoupe avec bordure semblable à celle des plats et des tasses. Au centre est une rosace à six feuilles inscrite dans un cercle, sur un champ de nielle. Diamètre, $0^{m},118$. Poids, 145 gr.

Graffite sous le pied : *Genialis*.

10 — Autre soucoupe semblable à la précédente, mais sans rosace. Diamètre, $0^{m},122$. Poids, 134 gr.

Graffite sous le pied : Καπριανι, *XXX*.

11 — Autre soucoupe semblable à la précédente. Diamètre, $0^{m},123$. Poids, 126 gr.

Sous le pied, graffite : Καπριανι.

12 — Œnochoé ayant, sauf l'anse, la forme de nos carafes modernes.

Un bourrelet au repoussé, avec une ornementation reprise à la pointe et dorée, occupe le milieu du col. Le bord du goulot est orné de petites feuilles au trait, dorées et surmontées d'un grènetis. A l'endroit où l'anse s'incline vers le goulot se trouve un petit cordon de grènetis au-dessus duquel prend naissance un poucier en relief, affectant la forme d'une feuille allongée à nervure dorée et recourbée à son extrémité supérieure. Les bras de l'anse qui étreignent le goulot représentent deux têtes de cygne dont le bec et les yeux sont dorés. De chaque côté, au-dessus de la tête du cygne, une découpure en relief, simulant le cou de l'animal, est décorée d'un semis de petits cercles sur un fond polygonal doré. Sous le pied, quatre cercles concentriques en creux. L'anse est ressoudée. Hauteur, 0m,255; circonférence de la panse, 0m,39; diamètre de l'orifice, 0m,075. Poids, 750 gr.

Ce vase faisait évidemment partie de l'*argentum potorium* et servait à verser le vin.

13 — Entonnoir (*infundibulum*) muni d'un manche plat auquel est adaptée une passoire (*colum*) qui manœuvre à l'aide d'une charnière. Diamètre, 0m,085; hauteur, 0m,10; longueur du manche, 0m08. Poids, 175 gr.

Graffite sur la passoire, près de la charnière.

Cette notation doit se traduire : poids, un semis, 1/6 d'once, 1/4 d'once, 1/6 d'once.

C'était un usage très répandu chez les Romains de rafraîchir le vin avec la neige. Cette opération se faisait à l'aide d'une passoire ; on y déposait de la neige à travers laquelle on faisait couler le vin ; cette passoire était appelée *colum nivarium*.

14 — Plat légèrement concave à l'intérieur. Diamètre, 0^{m},24. Poids, 483 gr.

Au centre est représenté, en relief, Mercure debout, de face, entre le coq à gauche et le bélier à droite. Les deux animaux, vus de profil, marchent vers le dieu. La tête de Mercure est nue et munie de petites ailes ; son manteau, agrafé sur l'épaule droite, vient retomber sur l'épaule et l'arrière-bras gauche, en recouvrant une partie de la poitrine. Le reste du corps est à découvert. La main gauche tient le caducée élevé ; la main droite abaissée tient la bourse.

Le sujet est encadré dans une bordure circulaire formée d'un grènetis et d'un rang de feuilles d'acanthe courtes, séparées entre elles par une perle.

Quelques parties du costume de Mercure et certains détails de l'ornementation sont dorés ; ce sont ; le cercle formant bordure, la chlamyde, le haut du caducée, les ailes de la tête, la bourse, le coq, les cornes et les pieds du bélier.

15 — Coupe peu élevée, ornée de vingt-neuf godrons. Diamètre, 0m,16; hauteur, 0m,04. Poids, 169 gr.

Sous le fond, quatre cercles concentriques en creux et graffite : *Aurelian(i)*, S II C.

Les signes S II sont une notation pondérale qui doit se lire : S(*emis, unciae*) II; un semis deux onces = 172 grammes et demi, la livre étant de 327 grammes. Si l'on tient compte de la légère diminution de poids résultant de l'usure du métal, on reconnaîtra que la notation est en rapport avec le poids de la coupe.

16 — Coupe peu élevée à douze larges godrons. Diamètre, 0m,245; hauteur, 0m,06. Poids, 493 gr.

A l'intérieur, la partie plane du fond est ornée d'un dessin au trait, composé d'une rosace à six pétales; cette rosace est entourée de douze festons, dont les pointes correspondent à la naissance des côtes de chaque godron. Dans les angles que forment, en se rejoignant, les extrémités des festons, on a gravé deux traits en forme de V. Sur le bord extérieur court un filet en creux.

Le fond extérieur est orné de deux cercles concentriques, au centre desquels on remarque un graffite : *LX*.

17 — Vase à boire, en forme de gobelet, monté sur un pied peu élevé; la panse est étranglée, ce qui lui donne une forme élégante. Hauteur totale,

0^{m},09; hauteur du pied, 0^{m},009; diamètre à l'orifice, 0^{m},08. Poids, 128 gr.

Sous le pied, graffite : *Q*.

18 — Débris d'un vase semblable, fortement endommagé et oxydé. Poids, 35 gr.

19 — Autre vase semblable au précédent. Le pied est un peu plus petit. Hauteur totale, 0^{m},84; hauteur du pied, 0^{m},005; diamètre près de l'orifice, 0^{m},076. Poids, 84 gr.

Près de l'orifice, trou produit par un coup. Nombreuses taches de vert-de-gris. Sous le pied, graffite couvert par l'oxydation.

20 — Bol à vin cylindrique. Les ornements, exécutés au repoussé, forment relief à l'intérieur et creux à l'extérieur. Diamètre, 0^{m},123; hauteur, 0^{m},08. Poids, 173 gr.

Cette décoration est divisée en quatre registres circulaires et concentriques, séparés entre eux par des filets : 1° un cercle radié à trente rayons occupe le fond de la coupe; il est entouré d'un semis de petites perles ovales, disposées à peu près sur trois rangs, autour desquelles court en feston un rameau de vigne chargé de fruits; — 2° quatorze disques, séparés entre eux par des fleurons affectant la forme d'une double fleur de lis allongée, décorent la panse; — 3° au-dessus se déroule un cordon d'oves séparés par un double filet; — 4° un semis d'oves, posés verticalement et formant trois rangs et demi, complète la décoration.

21 — Bol à vin à peu près semblable, très endommagé. Poids, 87 gr.

22 — Bol à vin analogue, complètement détérioré et oxydé. Poids, 107 gr.

23 — Bol un peu plus petit que le précédent, dans lequel il s'emboite facilement, mais exactement semblable par la forme et par l'ornementation. Diamètre, 0^{m},114; hauteur, 0^{m},07. Poids, 141 gr.

24 — Vase en forme de coupe profonde, presque hémisphérique, reposant sur un pied très peu élevé, muni, un peu au-dessous de l'orifice, d'une collerette saillante, légèrement convexe et décorée d'une jolie frise qui court entre deux grènetis. Hauteur du pied, 0^{m},015; largeur de la collerette, 0^{m},03; diamètre à l'orifice, 0^{m},175; hauteur totale, 0^{m},095. Poids, 845 gr.

Sous le pied, graffite.

25 — Coupe de même forme que la précédente Hauteur du pied, 0^{m},005; largeur de la collerette, 0^{m},023; diamètre à l'orifice, 0^{m},17 ; hauteur totale, 0^{m},09. Poids, 854 gr.

Sur la collerette court une frise dont le dessin

reproduit quatre fois le motif suivant : un animal fantastique, moitié lion, moitié monstre marin, à queue enroulée, est placé de profil, entre deux masques humains, également de profil, et tournés vers lui. Un petit grènetis sert de bordure inférieure à la frise.

Sous le pied, graffite : *X*.

26 — Coupe de même forme que les deux précédentes. Hauteur du pied, 0^m,014 ; largeur de la collerette, 0^m,026 ; diamètre à l'orifice, 0^m,175 ; hauteur totale, 0^m,09. Poids, 983 gr.

Sous le pied, graffite : *Marus?* — Autre graffite effacé à dessein dans l'antiquité.

Placée entre deux grènetis, la frise de la collerette se compose de cinq palmettes également espacées. Celles-ci donnent naissance, à droite et à gauche, à un rinceau chargé de fruits en forme de gousse. Chacun de ces motifs est séparé par un petit aiglon qui semble se diriger vers la droite, mais dont la tête est tournée à gauche.

27 — Seau (Situlus) de forme ronde orné d'une frise en relief, sur la paroi extérieure, un peu au-dessous de l'orifice ; à l'intérieur, un cercle en creux entoure l'orifice. Diamètre, 0^m,20 ; hauteur 0^m,15 ; hauteur avec l'anse, 0^m,27 ; hauteur du pied, 0^m,02. Poids, 1,396 gr.

Sous le pied, graffite. Peut-être, *Genia(lis)??*

La frise est divisée en deux sections égales par deux fleurs fusiformes, sortant d'une corolle entremêlée de liserons, et se faisant pendant. Au centre de chacune de ces sections, un bouquet de feuilles d'acanthe donne naissance, à droite et à gauche, à un élégant rinceau composé de quatre enroulements de fleurs différentes offrant, alternativement, une corolle ronde en forme de soleil, ou une corolle à la fleur et au feuillage pointus. La bordure supérieure de cette frise est composée d'un grènetis au-dessous duquel règne une rangée de feuilles découpées la pointe en bas ; entre chaque feuille, un bouquet de petites graines. La bordure inférieure est analogue, mais en sens inverse, et les feuilles, au lieu d'être découpées, sont à pointe recourbée.

Cette frise a été habilement reprise au burin. Tous les reliefs dorés ainsi que les bordures se détachaient sur le fond blanc.

A droite et à gauche du vase, sur l'orifice, s'élèvent deux oreillettes percées dans lesquelles s'adapte une anse mobile dont les extrémités, recourbées en crochet, se terminent par trois renflements munis de petites collerettes.

Deux annelets en saillie affectant la forme de feuilles naissantes sont placés symétriquement sur l'anse dont le point central est indiqué par un double filet en relief.

28 — Seau de même forme que le précédent, mais plus petit et sans frise. Il n'a d'autre ornemen-

tation qu'un filet creux, entourant la partie supérieure de la panse à l'intérieur et à l'extérieur. Diamètre, 0^{m},185; hauteur, 0^{m},14; hauteur avec l'anse, 0^{m},24; hauteur du pied, 0^{m},018. Poids, 872 gr.

29 — Statuette d'Éthiopien trapu, aux formes vigoureuses, accroupi et semblant sommeiller, la tête appuyée sur la main droite. Il est couvert d'un double vêtement : celui de dessous paraît être à manches courtes et serré à la taille; celui de dessus est une sorte de burnous à capuchon. Les bras sont nus ainsi que les pieds, qui reposent sur des sandales. Les cheveux sont crépus, le front déprimé, les sourcils épais, le nez épaté, les lèvres lippues, la barbe composée de petits flocons frisés, indices d'un type nègre particulier. Devant lui, entre ses deux jambes, est placé une sorte de coffret dont il semble avoir la garde et qu'il retient par une chainette.

Le burnous couvre la plus grande partie du corps et la tête. On en a doré toutes les parties retroussées qui appartiennent à l'envers ainsi que l'armature du coffret. Six trous ronds, disposés symétriquement sur une seule ligne, ont été pratiqués dans la chevelure, au-dessus du front. Hauteur, 0^{m},09. Poids, 52 gr.

Ces trous permettent de risquer l'hypothèse que cette statuette faisait partie d'une poivrière (*piperatorium*) ou d'un brûle-parfums.

30 — Petite tasse ronde, sans anse, à panse légèrement déprimée vers le milieu ; deux cercles concentriques formant ruban entourent la panse. Autour de l'orifice, on a tracé un cercle en creux. Cette tasse est en cuivre plaqué d'argent. Diamètre, 0^{m},085 ; hauteur, 0^{m},055. Poids, 129 gr.

Sous le pied, graffite.

31 — Tasse semblable à la précédente, mais plus petite. Cuivre plaqué d'argent. Diamètre, 0^{m},08 ; hauteur, 0^{m},049. Poids, 100 gr.

Sous le pied, graffite.

32 — Tasse semblable aux précédentes, mais plus petite. Cuivre plaqué d'argent. Diamètre, 0^{m},07 ; hauteur, 0^{m},04. Poids, 75 gr.

Sous le pied, graffite.

33 — Soucoupe légèrement concave à l'intérieur. Cuivre plaqué d'argent. La feuille d'argent est très abîmée au milieu et sur les bords. Diamètre, 0^{m},11. Poids, 130 gr.

Sous le pied, graffite : *Genialis.*

34 — Soucoupe semblable à la précédente. Cuivre plaqué d'argent. La feuille d'argent est usée sur les bords et en quelques autres endroits. Diamètre, 0^{m},11. Poids, 129 gr.

Sous le pied, graffite : *Geniali(s).* — Traces d'un autre graffite.

35 — Statuette en argent creuse, partie dorée.

Elle représente une femme (La Fortune?) debout et drapée. La tête est ornée d'un diadème, la main gauche tient une corne d'abondance. Le bras droit manque; il a été entrevu puis perdu dans les labours, au moment des fouilles.

Cette statuette était probablement posée sur un socle. Hauteur, $0^{m},14$.

36 — Socle en argent taillé à six pans; la partie supérieure et la partie inférieure ornées d'oves très bien conservées. Peut-être est-ce le socle de la statuette? Poids, 30 gr.

37 — Socle plus petit à oves bien ciselées. Poids, 25 gr.

38 — Pièce de monnaie.

II

FOUILLES OPÉRÉES A CHAOURCE

POSTÉRIEUREMENT A LA DÉCOUVERTE DU TRÉSOR

1 — Tasse ronde, sans anse, en forme de coupe profonde, semblable à celles des nos 4 et suivants (voir ci-dessus); fortement endommagée sur le côté. Poids, 135 gr.

Graffite sous le pied : Καπριανι.

2 — Tasse absolument pareille, mais plus petite. Poids, 116 gr.

Graffite sous le pied : *Genialis*.

3 — Flûte. Elle est composée de neuf morceaux, qui sont des segments de tibia de cheval coupés à tranche nette. Ces différents morceaux devaient être réunis par une monture en métal.

4 — Couperet (incomplet), manche en corne de cerf et lame en fer, qui porte des traces d'étamage ou d'argenture.

Il est vraisemblable que ce couperet remonte à l'époque druidique, étant donnée sa ressemblance frappante avec celui que tient en main le dieu Esus (monument celtique du musée de Cluny).

5 — Un lot de monnaies de cuivre gallo-romaines. (Domitien M. B., Trajan M. B., Hadrien G. B., Antonin M. B., Postume P. B.)

6 — Agrafe de tunique en cuivre.

www.ingramcontent.com/pod-product-compliance
Ingram Content Group UK Ltd.
Pitfield, Milton Keynes, MK11 3LW, UK
UKHW020232180726
13838UKWH00005B/2345

9 782329 388007